AF325080

Vente d'Épinay

SCULPTURES

OEuvres originales et uniques

DE

D'ÉPINAY

OBJETS D'ART ET DE CURIOSITE

TABLEAUX

PROVENANT

De sa Collection particulière

CATALOGUE

DES

MARBRES IMPORTANTS

GROUPES, STATUES, BUSTES

SUJETS GRANDEUR NATURE

SUPERBES VASES ET PIÉDESTAUX

Coupe en rouge antique

MAGNIFIQUE VASE MONUMENTAL EN BRONZE

FONDU A CIRE PERDUE

Le Triomphe de Bacchus

BRONZES, TERRES CUITES, MAQUETTES, ESQUISSES

ŒUVRES ORIGINALES ET UNIQUES DE D'EPINAY

TABLEAUX ANCIENS ET MODERNES

AQUARELLES, DESSINS, GRAVURES

Émaux de Limoges et Champlevés

FAIENCES DE BERNARD DE PALISSY, ITALIENNES ET AUTRES

OBJETS DE CURIOSITÉ. ARMES

Provenant de l'Atelier de Paris et de la Collection de M. d'Epinay

DONT LA VENTE AURA LIEU

HOTEL DROUOT, SALLE N 6

Les Vendredi 7 et Samedi 8 Avril 1893, à 2 heures 1/2

Mᵉ G. DUCHESNE　　　　　**M. A. BLOCHE**

COMMISSAIRE-PRISEUR　　　EXPERT PRES LA COUR D'APPEL

6, rue de Hanovre, 6　　　25, rue de Chateaudun, 25

Chez lesquels on trouve le présent Catalogue

EXPOSITIONS

PARTICULIÈRE : *le Mercredi 5 Avril 1893, de 2 heures à 6 heures*

PUBLIQUE : *le Jeudi 6 Avril 1893, de 1 heure 1/2 à 5 heures 1/2*

NOTA. — Le présent Catalogue servira d'Entrée à l'Exposition particulière.

Le présent Catalogue se distribue à

Paris	Chez Mᵉ G. Duchesne, commissaire-priseur, 6, *rue de Hanovre*.
	Chez M. A. Bloche, expert près la Cour d'appel, 25, *rue de Châteaudun*.
Londres	Chez M. G. Donaldson, *105, New Bond Street*.
Rome	Chez M. Piatelli, *37, via Funari*.
Francfort-sur-Mein . .	Chez MM. Lœwenstein frères, *4, Kaiserstrasse*.

CONDITIONS DE LA VENTE

Elle sera faite au comptant.

Les Acquéreurs payeront *cinq pour cent* en sus des enchères, applicables aux frais de vente

L'Exposition mettant le public à même de se rendre compte de l'état des objets, il ne sera admis aucune réclamation une fois l'adjudication prononcée.

Paris. — Imprimerie de l'Art, E. Ménard et Cⁱᵉ, 41, rue de la Victoire

DÉSIGNATION DES OBJETS

MARBRES

ŒUVRES DE D'ÉPINAY

1 — *Le Paradis perdu*

Dans une attitude des plus touchantes et des plus gracieuses, l'Innocence représentée sous les traits d'une jeune fille, avec de grandes ailes pour voler au devant de toutes les illusions de la vie, s'est arrêtée déçue, inquiète, sur un rocher, les mains jointes, le regard se perdant dans l'infini et cherchant l'asile qui doit lui assurer le bonheur rêvé.

Statue en marbre. Œuvre unique.

Signée.

Statue. Haut., 1 m. 68 cent.

2 — *Amour et Psyché.*

Ils sortent du temple, l'Amour tout épris, fier et heureux, entraîne Psyché, la couvant des yeux et la protégeant de son aile. Psyché, ne pouvant pas dissimuler son bonheur, sourit à toutes les jolies pensées qui la troublent. Elle presse sur son cœur la colombe symbolique chère aux amoureux.

Groupe en marbre. Œuvre unique.

Signée.

Groupe. Haut., 1 m. 10 cent.

3 — *Calypso.*

Représentée debout, grandeur nature, gracieusement drapée dans son peplum légèrement rehaussé d'or ainsi que le bracelet serpent qu'elle porte au poignet gauche et le cercle qu'elle porte au bras droit. Elle est arrêtée, la tête doucement inclinée vers la terre.

Cette statue est posée sur un socle en marbre de forme monumentale, œuvre de d'Epinay, offrant sur chaque face des niches dans lesquelles sont placées quatre statuettes de femmes en bronze.

Aux angles se détachent en ronde bosse des dauphins.

Signée.

Statue. Haut., 1 m. 70 cent.
Socle. Haut., 95 cent.
Hauteur totale, 2 m. 65 cent.

4 — *La Baigneuse.*

Une jeune Grecque, arrêtée près d'une fontaine avant d'entrer dans l'onde, retire sa tunique avec un mouvement plein de grâce et se laisse voir dans toute la beauté de ses formes classiques et réalistes.

Ne représente-t-elle pas la femme à l'apogée de la beauté ?

Statuette marbre.

Unique dans cette grandeur.

Signée.

Haut., 1 m. 25 cent.

5 — *L'Amour pardonné.*

Vénus assise serre dans ses bras l'Amour tout heureux qui l'embrasse.

Groupe en marbre.

Œuvre unique dans ces proportions.

Signé.

Haut., 58 cent.; larg., 66 cent.

6 — *Le Rêve.*

Jeune femme endormie sur un lit.

Œuvre charmante, originale et unique.

Marbre.

Signé.

Haut., 46 cent.; larg., 82 cent.

7 — *L'Amour mendiant.*

> Debout, moitié mutin, moitié confus, cachant son
> trait derrière ses ailes, il tend la main.
> Statuette en marbre.
>
> Haut., 72 cent.

8 — *Sapho jalouse.*

> Remarquable statuette en marbre.
> Unique dans ces proportions.
>
> Haut., 96 cent.; larg., 35 cent.

9 — *Méphistophélès.*

> Grand et beau buste en marbre.

10 — *Galathée.*

> Buste en marbre.
>
> Haut., 60 cent.

11 — *Ceinture dorée.*

> Variante unique.
> Statuette en marbre.
>
> Haut., 96 cent.

12 — *Satyre*.

Statuette.
Marbre unique et original.

Haut., 60 cent.

13 — *Sapho*.

Grand buste en marbre.
Œuvre originale et unique.

Haut., 60 cent

14 — *L'Amour au croquet*.

Statuette en marbre.

Haut., 83 cent.

15 — *Transteverine*.

Buste en marbre.

Haut., 55 cent.

16 — *Vase Renaissance*

Sur chaque face de la panse se détachent en haut-relief des médaillons à sujets mythologiques représentant l'Amour lutinant Vénus et l'Amour embrassant la déesse. De chaque côté, en ronde bosse et formant anse, des bustes de sphinx fantaisistes à grandes ailes se terminant par des feuillages enroulés, et les pattes à longues griffes croisées retenant des chutes et des guirlandes de fleurs qui se rattachent aux cartouches des médaillons. La gorge est sculptée à côtes tournantes, le culot enveloppé de feuilles d'eau. Le pied orné de godrons creux avec bordure à feuilles d'acanthe. Le couvercle est couronné par une pomme de pin dans un cœur de feuillage.

Œuvre originale et unique que nous osons signaler comme des plus remarquables parmi celles que l'artiste a produites, et qui sont classées aujourd'hui dans les demeures et dans les collections de S. M. l'Empereur de Russie, de M™ la baronne de Rothschild, de M™ Porgès, de M. le baron Edmond de Rothschild, de M. le duc de Grammont.

Marbre.

Signé.

Haut., 1 m. 25 cent.

17 — *Vase gréco-romain.*

D'un côté est représentée en haut-relief *Sapho rêveuse* s'accompagnant aux doux accords de sa lyre; de l'autre côté, *Sapho désolée*. Les anses sont formées par deux bustes de Renommées, le front ceint de couronnes de laurier avec draperies tombantes et recouvrant à demi des trophées de musique et de flèches. Au-dessus se détachent des guirlandes de laurier suspendues aux cartouches des médaillons. Le culot du vase est orné de côtes saillantes en partie couvertes de feuillages. Tout autour se dessine une grecque. Le couvercle est entouré d'un tore de laurier.

Œuvre remarquable parmi celles connues de l'artiste.

Marbre.

Signé.

Haut. 1 m. 25 cent.

18 — *Piédestal monumental.*

Sur les quatre faces, des niches avec voussures à coquilles et dans lesquelles sont placées des statuettes allégoriques en bronze fondu à cire perdue. Aux quatre angles se détachent en ronde bosse et prises dans la masse des cariatides de femmes habillées en armure, les seins découverts, les bras étendus et se perdant dans de grandes ailes déployées. Le corps de ces cariatides se termine en de grandes volutes auxquelles se rattachent des guirlandes de fleurs. Des dauphins se dessinent en bas-relief de chaque côté des niches. Le bas du socle est orné d'un collier de perles courant tout autour.

Œuvre décorative et originale pouvant être comparée à toutes les plus remarquables de la Renaissance.

Marbre blanc.

Signé.

Haut., 1 m. 7 cent.; larg., 70 cent.

19 — *Coupe Renaissance.*

Forme ovale avec frises à arabesques en bas-relief et mascarons sur chaque face. Anses formées de femmes ailées se tenant à des masques de satyres, rattachés au pied de la coupe par de grandes feuilles d'acanthe. Le couvercle est couronné par quatre têtes de chèvres et une pomme de pin.

Œuvre originale exécutée en marbre rouge antique et posant sur un socle hexagonal en marbre noir avec six médaillons à figures d'amours, dauphins et écussons en marbre rouge antique, également de d'Epinay.

Pièce précieuse.

Haut., 51 cent.

20 — *La Nageuse.*

Presse-papiers en marbre jaune antique.

Haut., 12 cent., larg., 17 cent.

21 — *La Vierge et l'Enfant Jésus.*

> Très beau bas-relief en marbre, d'après celui de
> Donatello, aujourd'hui au musée de Saint-Péters-
> bourg.
> Œuvre de d'Épinay.

> Haut., 92 cent.; larg., 55 cent.

MARBRES ANCIENS

22 — *Sainte Cécile.*

> Bas-relief d'une extrême finesse, d'après Dona-
> tello.
> Marbre dans un cadre de bois noir.

> Haut., 30 cent.; larg., 15 cent.

23 — *Brutus.*

> Buste en marbre.
> Sculpture ancienne et remarquable, d'après le
> Brutus en bronze du Capitole.

> Haut., 62 cent.

24 — *Madone en prière et l'Enfant Jésus
> endormi.*

> Haut-relief en marbre, œuvre d'un grand carac-
> tère, XVᵉ siècle.

> Haut., 51 cent.; larg., 11 cent

BRONZES

ŒUVRES DE D'ÉPINAY

25 — *Vase bacchanale.*

Autour de la panse se détache en haut-relief le
cortége du triomphe de Bacchus. Le dieu, la coupe
en main, est porté par des satyres; des nymphes,
des bacchantes, des faunes, des enfants, chantant,
dansant, portant des fruits et des fleurs, s'embrassant
en des étreintes folles, précèdent et accompagnent
le dieu de l'Ivresse. Au-dessous de cette frise se
dessinent des trophées allégoriques et de chaque
côté en forme d'anses, des têtes de dieu Pan ratta-
chées à la gorge du vase par des guirlandes de fruits
et de feuillages. Le pied est orné de feuilles d'eau.
Le couvercle est couronné par une pomme de pin
dans un cœur de feuilles d'acanthe.

Bronze unique fondu à cire perdue, patine verte.
Pièce importante et digne d'attention.

Haut., 1 m. 60 cent.; diam., 65 cent.

26 — *L'Enfant spartiate.*

Statue en bronze, œuvre d'un grand caractère et
unique dans ces proportions.

Haut., 1 m. 20 cent.

27 — *Baigneuse grecque.*

Statuette en bronze.

Haut., 55 cent.

28 — *La Bacchante endormie.*

Statuette en bronze patiné clair, fondue à cire
perdue.
Unique.

Haut., 50 cent.; Long., 55 cent.

29 — *Saint Jean.*

Statuette en bronze sur socle adhérent, fondue à
cire perdue.
Œuvre unique.

Haut., 1 m. 5 cent.

30 — *Le Cardinal de Richelieu.*

Statuette en bronze fondue à cire perdue.

Haut., 50 cent.

31 — *Henri IV.*

Statuette en bronze fondue à cire perdue.

Haut., 55 cent.

32 — *Ange déchu.*

Statuette en bronze fondue à cire perdue.

Haut., 36 cent.

FER DAMASQUINÉ

33 — *Coupe avec couvercle en fer incrusté d'argent.*

Décor à arabesques entrecoupées de mascarons et animées d'oiseaux avec anses formées de cariatides de femmes drapées et ailées, couronnées par une figurine de femme nue se regardant dans un miroir.
Œuvre unique, de d'Épinay.

Haut., 23 cent.

TERRES CUITES

ŒUVRES DE D'ÉPINAY

34 — *Francois Ier*.

> Buste colossal du roi en armure.
> Remarquable d'expression.

35 — *Toinon*.

> Statuette de jeune fille en costume Louis XV.
> Terre cuite.
>
> Haut., 1 mètre.

36 — *Lise*.

> Statuette en terre cuite.
> Pendant de la précédente.
>
> Haut., 1 mètre.

37 — *L'Amour pardonné*.

> Groupe en terre cuite.
> Original et unique.
>
> Haut., 40 cent.

38 — *Marie*.

Statuette de femme couchée.
Inspirée de la Marie de Rolla chantée par Musset.
Terre cuite.

Long., 63 cent.

39 — *Ceinture dorée*.

Statuette en terre cuite.
Réduction unique.

Haut., 36 cent.

40 — *Le Rapt*.

Groupe en terre cuite.
Original et unique.

41 — *Vache et taureau romains*.

Groupe en terre cuite d'après nature.
Très belle esquisse.

Haut., 29 cent.; larg., 37 cent.

42 — *A outrance*.

Allégorie de la Défense nationale en 1870, sous
les traits de la République défendant énergiquement
le drapeau national qu'elle presse contre son cœur.
Terre cuite originale et unique.

Haut. 40 cent.

43-44 — *Satyre et Bacchante*.

Deux bustes en terre cuite.

Haut., 60 cent.

45 — *Enfants luttant contre un crocodile*.

Bas-relief en terre cuite.

Haut., 50 cent.; larg., 1 mètre.

46 — *Enfants jouant avec un dauphin*.

Bas-relief en terre cuite.

Haut., 50 cent.; larg., 1 mètre.

47 — *Sapho*.

Bas-relief en terre cuite, original. Médaillon
rond.

Diam., 38 cent.

48 — *Combat de béliers.*

Groupe en terre cuite, original.

Haut., 20 cent.; larg., 50 cent.

49-50 — *Le Rhône et la Loire.*

Deux figures allégoriques en terre cuite
Originales et uniques.

Haut., 47 cent.; larg., 70 cent.

51 — *Callixène.*

Statuette en terre cuite, originale.
Œuvre des plus gracieuses.

Haut., 60 cent.

52 — *David*

Statuette en terre cuite, originale.

Haut., 30 cent.

53 — *Le Prince impérial.*

Buste, grandeur nature.
Terre cuite. Sur socle en bois.

Hauteur totale, 1 m. 20 cent.

54 — *Diane de Windsor.*

Buste en terre cuite, original.

Haut., 70 cent.

55 — *Tête d'ange.*

Terre cuite originale et unique.

Haut., 75 cent.

56 — *Jupiter et l'Amour.*

Groupe en terre cuite, original.

Haut., 40 cent.

57 — *Tête de Gorgone.*

Terre cuite polychrome.
Originale et unique.

Haut., 40 cent.

58 — *Méphistophélès.*

Masque en terre cuite.
Original et unique.

Haut., 40 cent.

59 — *La Vénus au bouc.*

Groupe en terre cuite, original.

Haut., 55 cent.

60 — *L'Enfant qui rit.*

Terre cuite, œuvre originale de d'Épinay, inspirée de *l'Enfant qui rit*, découvert à Rome par
le peintre Vanutelli; faisant partie aujourd'hui d'une
collection de Vienne attribuée à Donatello. Comme
variante, la tête que d'Épinay a faite est coiffée
d'un petit bonnet.
Socle en bois.

Hauteur totale, 38 cent.

61 — *Coupe aux sirènes.*

Forme ovale avec bas-reliefs représentant des
enfants jouant sur des dauphins, anses à cariatides
de sirènes, couronnée par une pomme de pin et
décorée d'arabesques.
Œuvre originale et unique, en terre cuite.

Haut., 57 cent; larg., 52 cent.

62 — *Coupe trilobée.*

Décor médaillon en bas-relief, à sujets mythologiques, avec cariatides de femmes ailées se détachant en haut-relief entre chaque sujet.
Terre cuite originale.

Haut.. 22 cent.

63 — *Coupe.*

De forme ovale, offrant en bas-relief des médaillons allégoriques à l'histoire de l'Amour et de Psyché.
Œuvre originale et unique, terre cuite.

Haut., 40 cent.

64 — *La Planche.*

Haut-relief en faïence émaillée, représentant une femme se baignant dans les flots de la mer.

ÉMAUX DE LIMOGES ET CHAMPLEVÉS

65 — Crosse en cuivre champlevé, émaillé, ciselé et doré. La douille et le nœud sont ornés de rinceaux en relief se détachant sur un fond bleu lapis ; la volute, terminée par une tête de dragon, est décorée d'imbrications ; elle entoure les figures d'Adam et d'Ève debout de chaque côté de l'arbre de la science du bien et du mal. Les dragons qui ornent la douille sont de fabrication moderne. Limoges. XIIIe siècle.

Haut., 290 millim.

66 — Coffret par Couly Nouailher, muni d'un couvercle en forme de tombeau, avec monture et poignée en cuivre, comportant treize plaques en émaux polychromes représentant des jeux d'enfants. Fond bleu, rehauts d'or. Limoges. XVIe siècle.

Long., 160 millim ; larg., 150 millim.; haut., 165 millim.

67 — Quatre chandeliers en cuivre doré et émaillé à pointe, entrant les uns dans les autres, de forme hexagonale ; le pied est orné de quadrilobes émaillés de vert et de rouge, dans lesquels sont inscrits des écus armoriés. Fond d'émail bleu. Limoges. Fin du XIIIe siècle.

Haut., 270 millim ; diam., 120 millim.
Haut., 230 millim.; diam., 115 millim.
Haut., 155 millim.; diam., 105 millim.
Haut., 125 millim.; diam., 10 millim.

68 — Petite châsse forme de maison, en cuivre
champlevé, gravé et doré, ornée de rinceaux se
détachant sur un fond d'émail bleu intense : sur
le devant de la caisse et du couvercle et formant
le milieu de rosaces, sont dispersés des cabo-
chons ovales ; au milieu du toit, le Christ en
croix, et sur les côtés son monogramme. La crête
manque. Limoges. XIVᵉ siècle.

Haut., 105 millim.; larg., 150 millim.

69 — Châsse forme de maison, en cuivre champlevé, doré et émaillé, représentant, sur la face
antérieure, le meurtre de Thomas Becket, arche-
vêque de Canterbury, et son ensevelissement. Les
personnages se détachent en or sur fond d'émail
bleu lapis : leurs têtes sont en relief et ciselées.
Sur la face postérieure, des fleurons crucifères
inscrits dans des losanges fond bleu foncé et clair,
verts et jaunes. Les plaques de côté ont été rap-
portées et la crête manque. Travail limousin du
XIIIᵉ siècle.

Haut., 140 millim.; larg., 127 millim.

70 — Châsse forme de maison, en cuivre doré et
découpé à jour. Elle se compose de plaques
appliquées sur un fond de bois peint. Sur ces
plaques sont rapportés six médaillons circulaires,
à figures gravées et niellées d'émail bleu lapis :

le Christ de majesté, la Résurrection, l'Agneau
pascal, trois apôtres. Crête crénelée. France. XVIe
siècle.

Haut., 160 millim.; long., 145 millim.; larg., 60 millim.

71 — Pied de croix en cuivre repoussé et doré. La
base est à six lobes découpés et ornés de masques
de chérubins ; le nœud est décoré de fenestrages
de style gothique flamboyant et surmonté d'un
second nœud portant des médaillons d'apôtres.
Espagne. XVIe siècle.

Haut., 330 millim.

72 — Croix à branches égales terminées par des
fleurs de lis, composée de plaques en cuivre à
motifs filigranés, dont les creux sont remplis
d'émail bleu, opaque et blanc. Au centre de la
plaque du milieu se trouve le monogramme du
Christ en caractères gothiques émaillés de rouge.
Le reste de l'ornementation, qui est le même sur
les deux faces, est composé de croisettes
incrustées dans des étoiles. Travail espagnol du
XVIe siècle.

Haut., 370 millim.; larg., 453 millim.

73 — Gémellion : au centre dans un médaillon circu-
laire, un écu triangulaire chargé de trois léopards
d'Angleterre sur champ de gueules ; sur le marli,
six autres médaillons aussi chargés d'armoiries
et séparés par des rinceaux et palmettes. Bordure

dentelée. Revers : rosace centrale et lignes géo-
métriques gravées et terminées par des fleurons.
Limoges. XIII° siècle.

Diam. : 235 millim.

74 — Pyxide cylindrique à couvercle conique surmonté d'une croix ; sur le pourtour et le couvercle, médaillons ronds contenant alternative-
ment une croix rosace réservées et dorées ou
émaillées sur fond bleu lapis. Limoges. XIII°
siècle.

Haut., 12 cent. ; diam., 6 cent.

75 — Salière à six pans, à base et faîte circulaires ;
dans le saleron destiné au sel, un buste de la
Vierge, les mains croisées ; sur chacune des six
faces, la figure d'un apôtre debout, sous un cartouche portant son nom ; émaux colorés en partie
sur paillon, contre-émail noir, semé de fleurs de
lis d'or. Atelier de Jean Limosin.

Haut., 110 millim. ; larg., 75 millim.

76 — Croix : le Christ, rapporté en relief, est vêtu
d'une jupe émaillée bleu et vert, le reste du
corps, sauf les yeux, émaillés noir, étant réservé
et présentant des traces de dorure ; la croix a
des traces d'émail bleu. Limoges. XIII° siècle.

Haut., 18 cent. ; larg., 16 cent.

77 — Plaque rectangulaire, par Nardon Pénicaud.
Au centre, la Crucifixion; sur les volets à droite,
le Christ à la colonne. A gauche, la Flagellation.
Commencement du XVIe siècle.

Long. des volets, 95 millim.; du milieu, 19 millim.
Totale, 390 millim.
Haut., 225 millim.

78 — Plaque rectangulaire, par Nardon Pénicaud :
l'Annonciation. La scène se passe dans la cham-
bre de la Vierge, qui s'ouvre par une grande
arcade au premier plan; émaux de couleur, paillons, modelé en or. Revers violacé. Commencement du XVIe siècle.

Haut., 150 millim.; larg., 120 millim.

79 — Plaque ovale, par J. Courteys, représentant un
personnage à cheval, costumé à l'antique, tenant
un sceptre et coiffé d'un casque à couronne, et,
en haut, l'inscription en lettres d'or : *Imperator
Nirus*. Fond bleu étoilé d'or et semé des lettres
W et S barrées; bordure noire ornée de rinceaux verdâtres rehaussés d'or et de quatre
clous en cuivre fleuronnés : émaux de couleurs,
paillons. Revers bleu.

Haut., 270 millim.; long., 195 millim.

80 — Plaque rectangulaire, par Léonard Limosin :
la Crucifixion. La Madeleine embrasse le pied
de la croix, tandis que la Vierge debout va s'éva-

nouir. A droite, des soldats. Au fond, la ville de
Jérusalem, émaux de couleurs, paillons et rehauts
d'or. Sur une pierre, au premier plan, à droite,
la signature LL. Revers incolore. Limoges.
XVIᵉ siècle.

Haut., 225 millim.; larg., 175 millim.

81 — Plaque cintrée par le haut provenant d'un
baiser de paix : la Nativité, saint Joseph et la
Vierge adorent l'Enfant Jésus, que le bœuf et
l'âne réchauffent de leur souffle; émaux de couleurs avec paillons et rehauts d'or. Atelier de
Jean Limosin. Revers incolore. Limoges. Fin du
XVIᵉ ou commencement du XVIIᵉ siècle.

Haut., 95 millim ; larg., 75 millim.

82 — Plaque rectangulaire, attribuée à Jean Limosin : le Christ couronné d'épines ; émaux de
couleurs, rehauts d'or. Revers incolore. Commencement du XVIIᵉ siècle.

Haut., 98 millim.; larg., 70 millim.

83 à 86 — Quatre assiettes de l'atelier de Couly
Nouailher, en camaïeu bleu et blanc, faisant
partie d'une même suite représentant : le Sacri-
fice d'Abraham, Abraham visité par trois anges,
Abraham chassant Agar, Agar et Ismaël dans le
désert. Au revers de chaque assiette, dans un
cartouche, un buste d'homme ou de femme.
Limoges, XVIᵉ siècle.

Diam., 185 millim.

OBJETS DE CURIOSITÉ

FAIENCES, BRONZES, FERS, ARMES

TAPISSERIE

87 — Joli petit tableau en tapisserie tissé d'or et d'argent, représentant la Vierge, l'Enfant Jésus et saint Jean assistés des anges.

Ce petit panneau remarquable comme facture et comme conservation, datant du commencement du XVIᵉ siècle, me paraît être un des chefs-d'œuvre de la fabrique de Ferrare.

Cadre ancien en bois sculpté et doré, représentant des têtes de chérubins et des jetées de fleurs.

88 — Joli petit fusil d'enfant, canon damasquiné d'or et d'argent, platine ciselée. Signé : Antonio Bonisolo, XVIIᵉ siècle.

89 — Joli pistolet du XVIᵉ siècle, système à rouet, canon ciselé et damasquiné avec figure de la Fortune et emblèmes militaires.

90 — Coupe en faïence de Bernard Palissy, décor à mascarons drapés sur fond de fleurs et de feuillages, avec rosace au centre. Provient de la collection Seillière.

91 — Coupe en faïence de Bernard Palissy, forme
rosace de feuillages superposées avec cœur de
marguerite au centre. Provient de la collection
Seillière.

92 — Grand plat de faïence de Pesaro, représentant
des guerriers porte-étendards et piqueurs en cos-
tumes de la Renaissance. XVI⁰ siècle. Provenant
de la collection Seillière.

93 — Beau plat en faïence hispano-arabe, décor à
reflets métalliques imbriqués de bleu, dessin à
ornements et gerbes de fleurs, avec ombilic fleur-
delisé au centre. XVI⁰ siècle. Provenant de la
collection Eugène Piot.

94 — Coupe en faïence d'Urbino, décor représentant
le *Jugement de Paris*, attribuée a Francesco
Xanto. Provient de la collection Seillière.

95 — Joli plateau en faïence de Castelli doré, représentant au centre *Vénus corrigeant l'Amour*, et,
sur les bords, des enfants, des oiseaux et des
arabesques. XVI⁰ siècle.

96 — Joli plat en faïence de Castelli doré, représentant au centre un paysage, et, sur les bords, des
enfants, des oiseaux et des arabesques. XVI⁰ siècle.

97 — Plat oblong à bords festonnés en ancienne faïence de Moustiers, décor mordoré à reflets métalliques, représentant des volatiles, des buissons de fleurs et de feuillages. Spécimen rare.

98 — Deux plaques de revêtement en faïence persane, décor polychrome.

99 — Assiette en verre de Venise rehaussée d'or par parties et gravée à la pointe de diamants, dessin à guirlandes, cornes d'abondance, cariatides de personnages et oiseaux. XVIᵉ siècle. Provient de la collection Seillière.

100 — *La Peur*. Tête en terre cuite, attribuée à Clodion.

101 — Petit vase forme surbaissée en marbre noir veiné blanc. Provient de la collection Seillière.

102 — Presse-papiers sous forme de masque en bronze, monté sur porphyre oriental. XVIᵉ siècle.

103 — Lampe en fer sous forme de dragon ailé aux armes des Gavotti. On lit autour : *Viva il padrone di questa*. Pièce de forme rare et curieuse. XVIᵉ siècle.

104 — Petit cheval en bronze lancé au galop. Socle
en marbre vert. XVI° siècle.

105 — Petit mortier en bronze décoré de cariatides
de femmes et de fleurs de lis. XVI° siècle.

106 — Plaquette en bronze : scène de l'histoire de
David et Goliath. XVI° siècle.

107 — Plaquette ronde en bronze représentant un
personnage à cheval forçant un sanglier.
XVI° siècle.

108 — Petite plaquette rectangulaire en bronze représentant Hercule combattant le lion. XVI° siècle.

109 — Petit médaillon en bronze, profil d'homme.
XVI° siècle.

110 — Petit médaillon ovale en bronze, représentant le cheval Pégase. XVI° siècle.

OEUVRES

DE

MADEMOISELLE MARIE D'ÉPINAY

TABLEAUX

111 — *Doute.*

112 — *Jeune Femme.*

DESSINS. PASTEL

113 — *Paysanne coquette.*

> Dessin aux trois crayons
> Cadre à rocailles doré.

114 — *Diane.*

> Dessin aux trois crayons.
> Cadre en bois sculpté.

115 — *Capricieuse.*

> Dessin aux trois crayons.

116 — L'Adolescente.

Tête de jeune fille coiffée d'un grand chapeau.
Sauguine.

117 — Jeunesse.

Tête de jeune fille.
Sanguine.

118 — Fleurs et feuillages.

Deux dessins. Etude.
Dans un même cadre.

119 — La Blonde.

Pastel. Etude.

120-121 — Fantaisies.

Etudes de personnages.
Deux dessins à la plume, d'après Fortuny.

TABLEAUX, AQUARELLES

DOLCI

(CARLO)

122 — *La Sainte Famille*

La Vierge, avec une profonde tendresse mater-
nelle, regarde l'Enfant Jésus couché dans un berceau
de feuillages, entourée de saint Joseph, de saint
Jean et des Chérubins.

Effet de lumière mettant bien en valeur toutes les
qualités de ce charmant tableau.

FILOSA

123 — *Paysage.*

Étude.
Aquarelle.

FRAGONARD

(Attribué à)

124 — *L'Atelier.*

Vingt et un élèves sont installés en demi-cercle, esquissant d'après nature une étude de nu. Le modèle, en face sur une estrade, est vu de dos.

Dessin à la sanguine. Intéressant par l'expression des physionomies.

FORTUNY

125 — *Le Hallebardier.*

Dessin au crayon noir.

GALOFRE

E

126 — *Plage d'Italie dans le golfe de Naples.*

Animée de figures. Sur la pleine mer en perspective se dessinent de nombreux voiliers, et à l'horizon le Vésuve.

HEILBUTH ET FILOSA

127 — *La Promenade du cardinal à la villa Borghèse.*

Magnifique aquarelle.

HERNANDEZ

128 — *Le Petit Pêcheur de Capri.*

HERNANDEZ

129 — *Le Raccommodeur de faïence.*

Superbe aquarelle.

HERNANDEZ

130-131 — *Têtes d'hommes.*

Deux intéressants dessins au fusain se faisant pendants.

HERNANDEZ

132 — *L'Italienne à la fontaine.*

Jolie aquarelle.

HERNANDEZ

133 — *Le Philosophe.*

> Aquarelle.

HERNANDEZ

134 — *L'Insouciante.*

> Jeune italienne assise sur un banc de pierre.
> Aquarelle.

HERNANDEZ

135 — *Rêverie.*

> Femme assise.
> Aquarelle.

HERNANDEZ

136 — *Bravo.*

> Gentilhomme en costume XVIe siècle, l'épée à la
> main, soulevant une tenture.
> Belle aquarelle.

HERNANDEZ

137 — *Le Joueur de boules.*

Aquarelle.

HERNANDEZ

138 — *Ruines du temple de la Paix.*

Aquarelle.

LEROUX

HECTOR

139 — *Invocation*

Une jeune fille, soutenue par deux compagnes, vient devant la Déesse de la Santé implorer ses bienfaits.

MAS

140 — *Pêcheurs et enfants au bord de la mer.*

MAS

141 — *Marine avec vue de Venise en perspective.*

MAS

142 — *Marine.*

Aquarelle.

MOROT

(AIMÉ)

143 — *Cavaliers se défendant de l'attaque d'un
taureau romain.*

Fusain.

PRIMATICE

(D'après le)

144 — *Diane et l'Amour*

Copie ancienne.

RIGAULT

(HYACINTHE)

145 — *Portrait du cardinal de Fleury.*

Il est représenté assis, revêtu de son costume de
cardinal, robe rouge et manteau d'hermine, le visage
souriant, plein de bonté, les mains croisées sur ses
genoux. A côté de lui, une table chargée de livres,
encrier et autres objets.

Beau tableau.

Gravure annexée.

SIMONETTI

146 — *La Petite Locandière.*

Tableau très fin de touche.

SIMONETTI

147 — *Le Soudard.*

Aquarelle.

SIMONETTI

148 — *Deux Philosophes.*

Aquarelles.

SIMONETTI

149 — *Vieux Savant étudiant un crâne.*

Aquarelle.

VILLEGAS

150 — *L'Ensommeillée.*

Femme italienne assise et endormie, les mains
jointes sur ses genoux.
Jolie aquarelle.

V. M.

151 — *Baigneuses endormies.*

Tableau sur cuivre.
Signé du monogramme : V. M.

VAN ZUYLEN

152 — *Portrait de femme.*

Représentée de face, à mi-corps, la tête tournée de
trois quarts. Ses cheveux noirs, avec boucles sur le
front, tombent sur ses épaules.

La gorge, presque nue, recouverte d'une chemise
garnie de dentelle. Elle la cache de son mieux avec
un manteau vert pâle qu'elle retient de la main
gauche sur sa poitrine.

Œuvre d'une belle facture.

ÉCOLE FRANCAISE

xviiie siècle

153 — *Diane découvrant la grossesse de Calisto.*

Composition de nombreuses figures.
Beau dessin forme éventail.

GRAVURES

154 — *Vue de la plaine des Sablons.*

> Revue des gardes françaises et des gardes suisses.
> Très belle gravure d'après Moreau jeune, par
> Malbeste, Liénard et Née.

155 — *Revue sous Louis XV.*

> Belle gravure avant la lettre.

156-157 — *Scènes de sport.*

> Deux pièces anglaises.

RED. :

23

MIRE ISO N° 1
NF Z 43-
AFNOR
Cedex 7 92080 PARIS LA DEFENSE
graphicom
0 1 2 3 4 5 6 7 8 9 10

www.ingramcontent.com/pod-product-compliance
Lightning Source LLC
LaVergne TN
LVHW050642060726
842527LV00004B/1429